Annemarie Schnitt
Das Jahr im Spiegel von Gedichten
The Year mirrored in Poems

Ins Englische übersetzt von
Herbert Windolf, Arizona

Bibliografische Information der Deutschen Nationalbibliothek: Die Deutsche Nationalbibliothek verzeichnet diese Publikation in der Deutschen Nationalbibliografie; detaillierte bibliografische Daten sind im Internet über http://dnb.dnb.de abrufbar.

Annemarie Schnitt:
Das Jahr im Spiegel von Gedichten –
The Year mirrored in Poems.
Ins Englische übersetzt von Herbert Windolf, Arizona, USA
Zweite Auflage, Januar 2014
© 2014 Annemarie Schnitt

Kein Teil dieses Werkes darf ohne schriftliche Einwilligung der Autorin in irgendeiner Form reproduziert oder unter Verwendung elektronischer Systeme verarbeitet, vervielfältigt oder verbreitet werden.

Einbandphotographie:
© 2013 Elisabeth Wegerle, Hamburg

Satz und Layout: Buchgestaltung.de – Einbandgestaltung nach einem Entwurf von Elisabeth Wegerle, Hamburg

Herstellung und Verlag:
BoD – Books on Demand, Norderstedt
ISBN 978-3-7322-3869-9

INHALT

Unterwegs durch ein Jahr   8
Under Way through a Year   9
So viel Spannung   10
So much Tension   11
Wintermorgen   12
A Winter's Morn   13
Trau den Spuren   14
Trust the Tracks   15
Eisregen   16
Freezing Rain   17
Frühling   18
Spring   19
Draußen   20
Outside   21
So viele Lenze   22
So many Spring Tides   23

Ostern	24
Easter	25
Es wird Zeit	26
It is Time	27
Morgen im Mai	28
Morning in May	29
Sommer	30
Summer	31
Entfaltete Flügel	32
Spread Wings	33
Immer ein Stück	34
Always a Distance	35
Der Sommer geht hin	36
Summer is passing	37
Sonnenblume	38
Sunflower	39
Bau dir ein Haus	40
Build yourself a House	41
Erntedank	42
Thanksgiving	43
Im Herbst	44
In Fall	45
Herbst	46
Autumn	47

Etwas gegen den Wind setzen	48
Putting something against the Wind	49
Freunde finden	50
Finding Friends	51
Es ist nicht viel was bleibt	52
Not much remains	53
Weihnachten	54
Holy Night	55
Weihnachtswunsch	56
Christmas Wish	57
Neujahr	58
New Year	59
Jahresabschied	60
Yearend Farewell	61
Neujahr	62
New Year	63
Ein Jahr klingt aus	64
A Year comes to its End	65
Psalm zur Jahreswende	66
Psalm for the Turn of the Year	67

The Year Mirrored in Poems, translated into English by Herbert Windolf, Arizona, USA – is the story of a German-American friendship which, by the power of poetry, dared to build a bridge across the Atlantic. As in one of her earlier emigrant stories, an entire sheaf of Annemarie Schnitt's poems traveled from "coast to coast," then returned in a richly filled response from overseas to anchor here.

"It exists, the young-mature friendship which revives and refreshes. It fell to me from heaven through my poems!" says lyricist Annemarie Schnitt about her experience of this close cooperation which, for English-speaking readers in Germany as well as for German-speaking people in the USA may provide new insights. This guide through a year presents much that moves people, drives them on, and may cause them to pause.

Annemarie Schnitt was born in 1925 in Tungkun, China. From early writing attempts an extensive poetic repertoire developed in the course of decades. For more than twenty years she has published poems and sketches in anthologies and books – also with the Kulturförderverein in the Ruhr Area.

Herbert Windolf was born in 1936 in Wiesbaden, Germany. In 1964 he emigrated with his family to North America.

ANNEMARIE SCHNITT

Das Jahr im Spiegel von Gedichten

&

The Year mirrored in Poems

Unterwegs durch ein Jahr

Es gibt kein Zuhause
in Nischen
es treibt dich ein Sturm
heraus und voran
zu irren zwischen
Irrtum und Einsicht
zu suchen im Unterwegs
ein Zuhause

Under Way through a Year

There is no home
to be found in niches
a storm drives you
out and about
to wander
between erring and insight
searching on the way
for a home

So viel Spannung

hinter der Stirn
wie viel Volt
hält dich wach
zum Weitergehen

So much Tension

behind the brow
how many volts does it take
to keep you awake
to go on

Wintermorgen

Schau
in Flocken löst der
Himmel
sich lautlos auf
schneeweiße Schleier
umhüllen die Welt
das Wunder wohnt tief
unter den Träumen

A Winter's Morn

Look
the sky
dissolves into flakes
silently
snow-white veils
shroud the world
the miracle lives deeply
in dreams

Trau den Spuren

draußen im Schnee
den allerersten
die dich hinausführen
über das Glück
des Anfangs
in das Glück
des Gelingens

Trust the Tracks

out there in the snow
the very first ones
that lead you
from the happiness
of beginning
to the happiness
of succeeding

Eisregen

Als der Eisregen kam
floh ich unter ein Dach
schlug Feuer
aus meinen Gedanken
mit warmer Stirn
zu trotzen der Kälte

Freezing Rain

When the ice rain came
I fled under a roof
kindled fire
from my thoughts
to brave the cold
with a warm mind

Frühling

Ein Ahnen
wie Vorfreude auf Neues
aufgetaut dein Winterherz
wie es vibriert
durchpulst vom Glück
des Kommenden

Spring

A presentiment
like joy for something new
your wintry heart is thawing
vibrating in warm air
beating in happiness
of what is to come

Draußen

nah am Tor
noch entblättert
die Trauerbirke
zurückgedrängte Kraft
in zitternden Zweigen
zurückgedrängtes Feuer
im stummen Stamm
es wird ein Gesang
besiegen den Frost
es wird ein Gestirn
entfachen das Feuer
in Stamm und Geäst
es wird ein Frühling
vertreiben die Trauer

Outside

near the gate
still bare of leaves
the weeping birch
suppressed strength
in trembling twigs
suppressed fire
in the silent trunk
a song
will conquer the cold
a star
will kindle the fire
in trunk and branches
spring
will vanquish sorrow

So viele Lenze

und wieder Saft
in den Zweigen
den Taktstock
des Frühlings
leih ich mir
für ein neues Lied

So many Spring Tides

and sap once more
in the twigs
I borrow
the baton
of spring tide
for a new song

Ostern

und plötzlich
wälzt dir ein Engel
den Stein von der
Gottfinsterferne

Easter

and suddenly
an angel rolls away the rock for you
from the darkness
and distance from God

Es wird Zeit

wie lange
wir schon stehen
stumm hinter dem Stein
es wird Zeit für uns
mit aufzubrechen
aus dem Tod ins Leben

It is Time

for how long already
are we standing
mute behind the rock
it is time for us
to forge ahead
from death to life

Morgen im Mai

Du bist dabei
wenn der Morgen im Mai
mit dem ersten Möwenschrei
geboren wird
du bist dabei
wenn der Morgen im Mai
so leichtfüßig frei
am Horizont steht
du bist dabei
wenn der Morgen im Mai
so sorglos frei
über die Erde zieht

Morning in May

You are a part
when the morning in May
is born
with the first scream of gulls
you are a part
when the morning in May
so fleet-footed free
rises on the horizon
you are a part
when the morning in May
so very carefree
travels across the Earth

Sommer

Den Sommer anwachsen lassen
über der Stirn
was brachliegt
zum Blühen bringen
in neuem Licht
vielleicht möcht
ein einziges Wort
auferstehen zum Leben
unter dem Himmel
dem einzigen

Summer

Let summer nourish
your mind
what lies bare
bring to bloom
in new light
perhaps
a single word
will rise to life
under Heaven
the one and only

Entfaltete Flügel

Was bleibt von alledem
vom Gesang
des Sommers
vom Tête-à-Tête
des Glücks
von den Farben
der Freundschaft
vom Tag-Traum
und Nachtgespinst
von den Schüben
des Schicksals
nichts bleibt
im Verbleiben
am Fleck
alles bleibt in der Kraft
entfalteter Flügel

Spread Wings

What remains
of the song
of summer
of the tête-à-tête
of happiness
of the colors
of friendship
of day dreams
and nightly phantoms
of the thrusts
of fate
nothing remains
by standing still
on the spot
all remains in the power
of wings spread

Immer ein Stück

sich selbst voraus sein
auf den Wegen voran
Wandlungen begegnen
wie Freunden
Veränderungen begrüßen
wie den Wandel
der Jahreszeiten
dem Rhythmus
dem Kreis nachspüren
dem Lauf der Flüsse
ins Meer

Always a Distance

being ahead of oneself
on the paths forward
meeting changes
like friends
welcoming changes
like the passing
of seasons
tracing the rhythm
the circle
the flow of rivers
to the sea

Der Sommer geht hin

Nichts ist mehr zu halten
der Sommer geht hin
Wolken schwärzen den Himmel
der Wein an den Wänden vergilbt
was unter der Sonne wuchs
hat ein Sturm zerrissen
hinter den Türen lauert der Frost
es bleibt dir der Regenbogen
dich festzuhalten

Summer is passing

Nothing is left to hold on to
summer is passing
clouds darken the sky
the vine yellows on walls
what grew under the sun
a storm has torn
frost lurks beyond doors
just a rainbow remains
for you to hold on

Sonnenblume

Ich möcht mit deiner Sprache sprechen
ich möcht mit deinem Blühen blühn
ich möcht mit deinem Lachen lächeln
ich möcht mit deiner Farbe färben
trüber Tage Nebelkleid

Sunflower

I wish I could speak your language
I wish I could bloom like you
I wish I could smile with your laughter
and paint with your colors too
for a dreary day's foggy veil

Bau dir ein Haus

Bau dir ein Haus
fest für den Rücken
das dich stärkt
im aufrechten Gang
bau dir ein Haus
tragbar für die Tasche
das dich begleitet
quer durch die Zeit
bau dir ein Haus
verborgen im Herzen
das dich wärmt
im winterlichen Frost
bau dir ein Haus
hell hinter den Gedanken
das dir leuchtet
zu nächtlicher Stund

Build yourself a House

Build yourself a house
firmly for your back
to strengthen you
to walk tall
build yourself a house
to fit in a pocket
to accompany you
through time
build yourself a house
tucked away in your heart
to warm you
in the winter's cold
build yourself a house
bright in your thoughts
to shine for you
in the hours of night

Erntedank

als Dank für die Geduld des Himmels
dass nicht aufhört Frost und Hitze
Sonne, Wind und Regen
dass noch Zeit bleibt für bessere Früchte
auf der bedrohten Erde
Erntedank
als Dank für die Fähigkeit
zu Einsicht und Umkehr
als Dank für geschenktes Leben
das auf Ernte drängt
immer neu und voll Verheißung

Thanksgiving

A thank-you for the patience of Heaven
that cold and heat
and sun, wind and rain may not subside
for time for a better harvest
on the threatened Earth
Thanksgiving –
A thank-you for the ability
to perceive and repent
a thank-you for the gift of life
urging to harvest
always new and full of promise

Im Herbst

einziehen in das Haus
warmer Gedanken
die Früchte des Sommers
sie lagern in dir

In Fall

moving into the home
of cozy thoughts
the fruits of summer
resting in you

Herbst

Nebelschwaden
über der Welt
ich such im Windlicht
meinen Weg
hab noch Sand
in Hosentaschen
hab ein Lied
das weiterträgt

Autumn

Fog spreads
across the world
by the shine of my stormlight
I search for my way
still find sand
in my pockets
sing a song
to carry me on

Etwas gegen den Wind setzen

etwas Helles gegen die Nacht
etwas Festes gegen den Schwindel
etwas Klingendes gegen die Leere
einen Traum gegen den Tag
eine Insel gegen den Lärm
eine Rose gegen den Winter
ein Tun gegen das Chaos
ein Gedicht gegen die Sprachlosigkeit
Gebete gegen den Stumpfsinn
etwas gegen den Wind setzen

Putting something against the Wind

something bright against the night
something firm against dizziness
something ringing against emptiness
a dream against the day
an island against noise
a rose against winter
action against chaos
a poem against speechlessness
prayers against apathy
putting something against the wind

Freunde finden

ein Haus finden
zu wohnen
hinter Tausendklang
im Einklang
Freunde finden
zu zünden in
der Kälte
ein Feuer
Töne finden
zu singen
gegen die Leere
ein Lied

Finding Friends

find a house
to live
in harmony
in unison
finding friends
to light
a fire
in the cold
finding the tunes
to sing
against emptiness
a melody

Es ist nicht viel was bleibt

von Jahr und Stunden
hast du die Farbe nur gefunden
und Töne eingefangen
bleibt wo Vergehen gelblich lauert
leuchtend ein Gedanke stehen
der heimlich überdauert

Not much remains

of year and hours
if only you found the color
and captured the tunes
beyond where fading yellow hides
a shining thought remains
secretly enduring

Weihnachten

Unser Weg in die Zukunft
Fußmarsch am Grat
Meter um Meter durch Nebel
wir schlagen ein Zelt auf
und hauchen Leben
warm gegen den Wind
bedenken die Stätten
die längst schon begangen sind
weit zurück bis zur Hütte
zum Kind
und wagen es neu
gegen die Kälte zu gehen

Holy Night

Our path to the future
leading along a ridge
step by step through fog
we set up shelter
and breathe life
warm against the wind
remember the places
long since walked
far back to the manger
to the Child
and dare anew
to face the cold

Weihnachtswunsch

Wach zu bleiben
wie die Weisen
hellhörig wie die Hirten
bewegt wie Josef
wissend wie Maria
Gefährten zu finden
mit Flügeln

Christmas Wish

To remain awake
like the Wise Men
alert like the shepherds
moved like Joseph
knowing like Mary
to find companions
with wings

Neujahr

unter Wellenrauschen
in ein neues Jahr
wir flüchtigen Wesen
verrauschender Zeit
hingeworfen
ans nackte Ufer
festzuhalten den Tag
fortzuschreiben den Weg

New Year

by the sound of waves
enter the New Year
we ephemeral beings
of fading time
tossed
to a barren shore
holding onto the day
perpetuating the path

Jahresabschied

im Dämmer
über hingeduckten Häusern
ein magerer Mond
über dem Meer
am letzten Tag
des Jahres
allein
dem Menschen möglich
das Zugehen auf Zukunft
von Jahr zu Jahr
von Neumond
zu Neumond
zu neuem Ziel

Yearend Farewell

in the dusk
suspended over crouching houses
a lean moon
above the sea
on the final day
of the year
Man alone
able
to approach the future
from year to year
from new moon
to new moon
to a new goal

Neujahr

Aus der Nacht
sind wir gestiegen
heut früh ans Land
Schnee zu den Füßen
mit dem Morgenlicht
Hand in Hand
wir gingen zu zweit
mit wehendem Haar
landhinein
in ein neues Jahr

New Year

Out of the night
we climbed
by early morning onto land
snow at our feet
in the dawning light
hand in hand
we walked together
hair blowing
inland
into a new year

Ein Jahr klingt aus

im Strom der Zeit
dir bleibt Erinnern nur
Töne die dich weitertragen
von Jahr zu Jahr
zum Lied des Lebens

A Year comes to its End

in the current of time
only memory remains
as tunes to carry on
from year to year
for the song of life

Psalm zur Jahreswende

Du – das Meer dahin die Flüsse fließen
Du – der Horizont dahin die Jahre ziehen
Du – der Abend dahin die Stunden fliehen
Du – der Morgen
dahin die Träume drängen
von einer Welt
in der Dein Gesicht sich widerspiegelt
im Gesicht des Menschen

Psalm for the Turn of the Year

You – the sea whereto the rivers flow
You – the horizon whereto the years are drawn
You – the eve whereto the hours flee
You – the morn
whereto the dreams are rushing
of a world
that mirrors Your face
in the face of Man